IL CRISTIANESIMO E LA RELIGIONE DI DOMANI

ROMOLO MURRI

AL LETTORE

Nel giudicare delle religioni e del fatto religioso due atteggiamenti caratteristici ha lo spirito italiano: uno di quelli per i quali la religione è la Chiesa cattolica apostolica romana e essere religiosi significa accettare—attraverso a molteplici e inevitabili adattamenti individuali—quella religione, come una società esteriore storica ecclesiastica papale; l'altro di quelli che, persuasi della molta menzogna che quella religione racchiude, o giunti con molta spensierata disinvoltura a conclusioni materialistiche e scettiche, scrollano le spalle e si disinteressano insieme della Chiesa romana e di ogni religiosità e religione.

Nessuno di questi due atteggiamenti è sincero; poichè l'uno e l'altro egualmente vengono da ripugnanza allo sforzo di esame, di discernimento, di giudizio religioso: sono, anzi, questa stessa ripugnanza tradotta in pratica di vita.

Nessuno di essi, egualmente, può ispirar fiducia per l'avvenire; perchè, essendo insinceri, essi sono insieme immorali; ed hanno per effetto una crescente diminuzione dei valori delle energie delle attività morali; un impoverimento di vita, se vita è innanzi tutto attività spirituale, crescente consapevolezza e dominio di sè e delle cose.

L'uno e l'altro, anche, segnano un arresto nella rinascita della coscienza italiana. Poichè le generazioni rivoluzionarie del secolo scorso furono profondamente ed intensamente religiose. I cattolici, da Parini a Manzoni a Rosmini a Gioberti a Tommaseo a Mamiani, avevano incominciato a rifarsi un loro cattolicismo liberale o romantico, in contrasto, sotto molti aspetti, con quello della Chiesa di Roma; e frutto immediato e felice di questo cattolicismo fu la lotta contro di quella per l'abolizione dei suoi privilegi medioevali e per la soppressione del potere temporale. Gli altri—e basti nominarne uno: Mazzini—per lo stesso loro idealismo intenso ardente operoso, per l'ampiezza della loro visione, che mirava a tutto un rinnovamento umano, per l'agitare che fecero elementi e motivi e tradizioni religiose (attinte dal classicismo e dal Medio Evo) cercarono egualmente di spronare ed elevare gli animi ad una religiosità e religione nuove.

Questa doppia corrente si è interrotta dopo il 1870, od ha avuto solo manifestazioni parziali e fugaci. E non avemmo nemmeno, salvo poche e fiacche eccezioni, ricerche di filosofia della religione e di storia e critica delle religioni, così fiorenti in quest'ultimo periodo in Francia in Germania in Inghilterra.

Le pagine che seguono, saggio limitato e modesto, vogliono essere una reazione a questa stasi dello spirito religioso italiano. Non hanno uno scopo dottrinale, ma pratico: vogliono, innanzi tutto, esser l'esempio di un atteggiamento, dinanzi ai problemi e ai fatti religiosi, diverso da quei due che ho indicato.

Esso si riassume in questo criterio fondamentale: le religioni sono la storia della religiosità umana la quale è perenne come lo stesso spirito umano e, come lo stesso spirito umano, in un lavoro assiduo di creazione (solo dove è creazione è vita; e dove è stabilità è morte), fa e disfà e rifà la sua storia il suo linguaggio le sue istituzioni.

Quindi noi dobbiamo giudicare la nostra storia religiosa, e in particolare la religione cattolica degli italiani, con questo senso di superiorità dello spirito che riconosce l'opera sua, ma insieme non vuol essere vincolato ed incarcerato da essa.

Accettando il cattolicismo come esso ci è presentato dal papa, e dai suoi ministri, noi ci rendiamo schiavi di ciò che noi stessi—o i nostri avi per noi—abbiamo fatto, sacrifichiamo la nostra attività presente alle forme storiche istituzionali della nostra attività passata, ci lasciamo, come alcuno disse, governare e dominare dai morti. Disprezzandolo e trascurandolo, noi disprezziamo e trascuriamo noi stessi in quanto siamo, assai più che non ci sia noto, come popolo e quindi anche come individui, fattura di questa società e tradizione religiosa. Nell'un caso e nell'altro ci estraniamo da noi stessi, rigettiamo nella penombra dell'abitudine e dell'inconscio una parte, e la più preziosa, di noi.

Collocarci dinanzi ai fatti ed alle dottrine religiose senza devozione cieca e senza odio, esaminarle serenamente per vedere ciò che in esse è vivo e ciò che è morto, ciò che può essere energia o strumento o linguaggio di vita in noi e separarlo da ciò che, essendoci rimasto addosso e attaccato, costituisce quasi una parte morta di noi, questo è il nostro dovere.

Molti non possono giungere a questa serenità di considerazione e di giudizio perchè interessi estranei li spingono a prender posizione senza aver cura dei valori veramente religiosi, e un poco alla volta, soffocandoli. E la Chiesa di Roma ha posto ogni sua arte nel moltiplicare questi interessi di carattere non religioso che avvincono a sè tanta gente e fare i vincoli sempre più saldi: esempio tipico quello che giustamente fu detto il patto della vergogna.

Altri temono l'ignoto, i venti e le tempeste delle vie della ricerca affannosa, e comprimendo in sè il dubbio, e cercando di persuadersi che in far ciò sono uomini virtuosi e pii, preferiscono riparare sotto la vecchia casa, umili e malvisti, vagheggiando una suocera più benevola e qualche ritocco all'edifizio.

Altri, maestri di idealismo, si contentano dei concetti puri e delle astratte soluzioni definitive, anche se ciò li allontani dagli operosi contrasti della vita ed isterilisca in parte l'efficacia spirituale del loro idealismo.

Altri, infine, preferiscono non occuparsi in alcun modo di religione, abbandonandosi, per ottenere questo risultato, ad una superficiale e fatua concezione della vita che fu tanto in voga in questi ultimi tempi; ed è fra tutte la soluzione peggiore e più rovinosa, perchè la più infesta ad ogni forma di attività e ad ogni inquietudine religiose.

Queste pagine sono, come il lettore vedrà, qualche cosa di diverso. Esse muovono dal concetto e dalla rivendicazione della libertà spirituale; libertà che è attività in moto e ricerca delle leggi interiori e immanenti di questa attività ed opposizione di essa alle leggi esteriori e tiranniche che si pretende imporle dal di fuori; libertà che non si regola, nel cercare e vagliare e rifiutare e accettare, secondo odî e amori e antipatie preconcette, ma sceglie e prende quello che le giova; e intende a rimuovere dalla scelta preoccupazioni e interessi i quali, non essendo di carattere religioso, possono solo condurre all'errore e all'ipocrisia.

Pochi sono che accoglieranno con favore queste pagine; ma è appunto questo dover lottare contro i molti che ce le fa ritenere opportune e ci fa sperare che qualche anima pensosa ed inquieta—di queste sole giova il consenso—incontreranno per via.

Introduzione.

Una breve introduzione è necessaria per il più facile intendimento delle pagine che seguono: nelle quali si parla di religione, di coscienza, di libertà, supponendo noto al lettore il senso che a queste ed altre parole affini va attribuito, dopo i più recenti chiarimenti dell'idealismo filosofico.

Ma l'introduzione dovrebbe essere un trattato; e il trattato, nei brevi confini di questi volumetti, è impossibile. Debbo dunque contentarmi di esporre, in forma quasi assiomatica, talune delle conclusioni metodologiche più ovvie le quali, per ogni studioso delle cose dello spirito, dovrebbero essere oramai acquisite e sicure.

1. La parola religione ha due significati molto diversi.

In un significato, essa dice lo stesso spirito umano in quanto, antecedentemente ad ogni concreta determinazione storica del fatto religioso, è in esso l'esigenza, originaria ed irreducibile, di pensare ed agire religiosamente, cercando di esprimere in sè una conoscenza sintetica della vita, dell'essere e dell'universo, e di coordinare a questa sintesi la sua attività. Le religioni storiche procedono da questa fonte e non l'esauriscono mai. Esse possono esser considerate, sotto questo aspetto, come i torrenti di lava di un vulcano vivo. La forza ignea che accende e fonde la materia è nell'interno ed erutta di quando in quando la lava, la quale poi si raffredda e solidifica, scorrendo sul declivio.

Coloro i quali non sanno parlare di religione, senza riferirsi, implicitamente almeno, a qualche religione storica, confondono lo spirito e la coscienza umana con un momento ed un fatto storico, contingente e relativo, concretato in dottrine ed in riti, nel quale lo spirito, benchè più lentamente che non faccia la lava del vulcano, stagna, si raffredda, si solidifica e muore; confondono l'idea con quello che forse è già divenuto il cadavere di una idea.

E il maggiore errore è di quelli i quali, osservando la diversità e la complessità dei fatti religiosi, cercano di ridurli scientificamente all'unità, ricorrendo alle prime e più elementari e rudimentali manifestazioni dello spirito religioso, p. es. al tabou. Come farebbe, ad es., chi per cercare la definizione dell'arte ricorresse alle prime arcaiche figurazioni artistiche.

2. Quindi, per giudicare della religiosità o meno di un individuo, conviene non arrestarsi alle forme concrete, storiche, di religione, nelle quali questo si è trovato a crescere ed a vivere, ma esaminare il grado di sviluppo del suo spirito; vedere cioè se egli è giunto a quella maturità di consapevolezza nella quale solo nasce il bisogno di collocarsi spiritualmente nell'insieme degli esseri e dell'universo; al vigore di volontà per il quale si giunge a volere, non solo sè stesso come individuo e i propri fini immediati, ma quei beni che all'individuo sembrano degni di esser raggiunti per sè stessi, per il loro oggettivo valore, e quindi anche, se è necessario, con sacrificio di sè. La forma concreta che assume questa estensione dell'individuo in una zona di attività e di fini vasti e superpersonali è la sua religione.

Prendete ad es. lo scienziato naturalista il quale si è persuaso del determinismo universale e della superiorità dei fini che la natura raggiunge con la sua esuberanza di manifestazioni fisiche, chimiche e organiche; questo scienziato, secondando in sè lo sviluppo della vita fisica e il raggiungimento dei più egoistici piaceri individuali con il disprezzo di ogni norma morale, agisce «religiosamente», in quanto cerca di realizzare in sè, con consapevole sforzo, quelli che crede essere i fini universali e supremi delle cose; in quanto coordina la sua vita alla vita della materia e dell'istinto «divino». È, ad es., la religione della laus vitae di Gabriele D'Annunzio.

E questa religione ha i suoi precedenti storici in molte superstizioni brutali delle religioni antiche; nei cui riti si cercava di esprimere, con grossolana confusione, l'adorazione della vita fisica e della natura; p. es., nella prostituzione sacra e nei culti dionisiaci.

3. Nella storia e nelle società nostre, molti gradi e stadii di sviluppo religioso si sopravvivono e coesistono. Anche qui l'ontogenesi ripete la filogenesi, con innumerevoli complicazioni ed anacronismi. Per es., nei costumi religiosi del popolo italiano non è difficile trovare ancora tracce e sopravvivenze di tutte le religioni che da due millenni esso è venuto accogliendo ed elaborando; dalle primitive superstizioni totemistiche e animistiche al naturalismo ed al politeismo di molti riti pagani; specie quando le une o le altre vennero assunte sotto il patrocinio della religione dominante e superficialmente segnate da questa del sigillo di una più alta religiosità.

Una riduzione analitica del cattolicismo alla molteplicità degli elementi religiosi, sovente assai più antichi, dei quali esso si è servito per comporre l'attuale religione o superstizione popolare è oggi assai facile; e la volgarizzazione delle sue conclusioni più certe sarebbe uno strumento efficacissimo di educazione religiosa. Lo Stato italiano ha reso alla Chiesa romana un immenso servigio, abolendo nelle università, e quindi sopprimendo di fatto, lo studio scientifico delle religioni in Italia.

Evidentemente, questa religione popolare è, in tal caso, una religione inferiore; corrisponde a stadi di cultura già superati. Superati, s'intende, da coloro i quali appartengono spiritualmente alla loro età; non dal contadino analfabeta, ad es., il quale non ha avuto e non può avere, isolato nel suo fondo e nella sua casupola, contatti con la cultura del tempo, e che quindi seguiterà a comporre il suo mondo interiore di imagini e di previsioni grossolane, presso a poco così come, millennî innanzi, se lo composero i suoi antecessori.

Le religioni costituite, se sono riuscite a trarre il loro vantaggio da questa ignoranza e ad aggiogarla al loro carro, sono per necessità conservatrici ed affaticano i propri teologi nel cercare delle spiegazioni accomodanti; come quel decreto della Curia romana il quale permetteva e sanciva l'uso di pezzettini di carta, con su formule e invocazioni religiose, da ingoiare per ottenerne, in certi casi, effetti fisici miracolosi.

Ma lo spirito religioso è necessariamente ed essenzialmente innovatore e, contro tali costumi, rivoluzionario; poichè esso abdicherebbe a suoi fini più essenziali se non cercasse di profittare, per le sue sintesi superiori e per il dominio della vita da parte degli interessi ideali, di tutti i progressi dello spirito e della cultura.

Questo spirito religioso ha tuttavia una preoccupazione; quella di giudicare delle dottrine e dei riti dal loro valore di vita non solo in astratto ma, particolarmente, negli individui nei quali essi operano; e quindi di rispettare, per la sincerità e l'efficacia morale che essi possono avere, quelle dottrine e quei riti, in certune categorie di individui, in quanto non gli riesca di sostituirli con norme più ricche di vita e di efficacia morale. In questi casi si è dinanzi a un doppio dovere: di educare con bontà coloro i quali sono nella ignoranza superstiziosa e di combattere apertamente e risolutamente coloro i quali profittano della loro ignoranza.

4. Se la religione, nelle sue caratteristiche essenziali, è lo sforzo che la coscienza umana fa per vivere consapevolmente la sua vita, non come sua, ma come vita, realizzando i beni di questa, in quanto è vita della coscienza, cioè dello spirito, consapevolezza del proprio essere e dei fini di questa attività immanente e tutta presente che è in continuo

fluire e creare ed emergere e riversarsi esteriormente, noi dovremo concludere che la
religione è il culmine della personalità umana e il culmine della storia.

Quello che negli individui ha appunto questo carattere e significato più alto, e
veramente quasi divino, di rivelare e di praticare la pressione degli interessi ideali nella
vita, il tentativo di raccogliere nell'unità interiore le diverse tendenze ed atteggiamenti
pratici dello spirito, di costruire le sintesi unificatrici e di mettere la propria vita ed il
mondo esteriore che è il mondo di ciascuno di noi in armonia con esse, l'intendere l'arco
della propria vita ad un fine più alto, questo è in essi e per essi la loro religione.

Si comprende quindi come si possa parlare anche di una religione della patria o della
bellezza o della cultura o dell'umanità; poichè patria, bellezza, cultura, umanità, così
come giustizia, bontà, libertà umana, cioè il culto della umanità vittoriosa e dominatrice
in ciascun individuo umano, sono parole con le quali si indica, sotto l'uno o l'altro
aspetto, l'esigenza che negli spiriti singoli e nelle coscienze è posta da questo più alto e
ricco e profondo significato della vita umana che è come la presenza, in ciascuno di noi,
dello spirito, nella universalità ed assolutezza sua.

E questi vari ideali, ciascuno dei quali separatamente è monco ed imperfetto, ed
approfondendo ciascuno dei quali noi scuopriamo, in complicazioni e rapporti sempre
più intimi via via che il nostro pensiero si aguzza, anche gli altri, noi diciamo, con
termine generico, Dio; il quale esprime la necessità che noi abbiamo di concepire questa
più ricca ed occulta vita dello spirito come il massimo della universalità ed insieme il
massimo della concretezza e della personalità; perchè l'universalità astratta, quella che il
pensiero razionale e scientifico può darci, è la forma e la categoria, il vuoto, mentre la
vita è concretezza ed attualità e personalità.

Quindi l'ideale religioso, Dio, è posto non dalla ragione ma dalla fede; è posto con lo
stesso atto di vita e di volontà con il quale noi vogliamo quella più ricca vita che ci
trascende e della quale, insieme, non sentiremmo il bisogno ed il desiderio, se essa non
fosse già in noi, se non fosse noi stessi, in vocazione ed in germe.

E poichè non si tratta per noi, in quanto religiosi, di sapere e di volere ciò che è e ci si
manifesta nel nesso esteriore ed oggettivato delle causalità e delle successioni e nella
concretezza del suo essere, percettibile e misurabile da noi, ma di sapere e di volere
quella ulteriore sintesi e realtà ed armonia e ricchezza di vita che non è, ora, ed in tanto
può essere—per noi—in quanto ci è dato di intravederla e di volerla e di farla, così una

religione la quale si identifichi con la scienza o con la stessa filosofia è una contraddizione in termini; poichè l'una e l'altra sono di ciò che è, della vita vissuta, della realtà che è divenuta queste realtà concrete, delle cose fatte e morte.

La filosofia ha anche per oggetto lo spirito e si sforza di rimuovere l'illusione dell'intellettualismo astratto e di colpire la vita nell'atto della sua unità e continuità; ma essa lo fa con un atto di riflessione, e cercando quasi di sdoppiare lo spirito, di cogliere sè, dal di fuori, nell'atto del suo fare e di decomporre questo fare negli elementi che lo costituiscono, di definirlo.

La fede è invece l'occhio interiore che ci è dato per discernere nell'attualità della vita la sostanza e le direzioni della sua feconda creazione; essa è quello che non è, nè come forma di realtà definita, nè come volontà giunta a realizzarsi e possedere il suo mondo; ed è insieme l'affanno della creazione, la creatura-creatore che «ingemiscit et parturit usque adhuc».

Ed essa è indefinibile e inafferrabile e intraducibile, perchè è—dicevo—l'atto vivente dello spirito, gravido di vita, natività continuata e rinnovantesi.

Ed ora, o mai più, il lettore intenderà perchè la religione vera è, per ed in ciascun individuo, il massimo della personalità, il suo santuario interiore, il suo Dio incomunicabile, il fiore alto e puro della sua vita, se questa è nobile e pura, capace di generare un Dio, e non solo dei mostricciattoli morituri. E intenderà come è sciocco parlare di religioni solo come di assemblee di teologi e volumi di dottrine e corpi di riti e di simboli; poichè tutto questo o è il cadavere della religione od è il materiale del quale le coscienze religiose si servono per creare la loro fede. Ma quanti ancora confondono il neonato con gli strumenti della levatrice!

5. Altra conclusione, la quale, anche essa, ci interessa molto.

Come negli individui la religione è il culmine della personalità, il fiore della vita ricca e pura, così nei popoli e nella loro storia la religione va cercata in ciò che essi sanno compiere, come unità spirituale, per l'avvento dei grandi ideali umani, per il trionfo della cultura, della giustizia e della bontà. E i sacerdoti veri dei popoli sono i loro condottieri in queste opere eroiche, in questi momenti solenni delle creazioni sociali nelle quali vien raggiunto e si compie un qualche concreto ideale di giustizia e di solidarietà umana.

Ciò apparirebbe agli uomini assai più facilmente se le vecchie religioni storiche non avessero tutto l'interesse di far della religione una cosa professionale e di fissare della norme di vita e un tipo di bontà dal quale chi si allontana è giudicato perverso; e se quindi gli uomini, concentrando tutto il loro interesse sui progressi, nelle coscienze singole e nelle istituzioni, dei beni e delle energie ideali dalle quali dipende per tanta parte l'arricchimento della vita e della personalità umana, potessero intelligentemente e serenamente giudicare di ciò che a tali fini con più efficacia conduce.

Così nel secolo scorso, ad esempio, se gli italiani avessero equamente saggiato i benefici spirituali della vecchia religione cattolica e per contro quelli che al paese dovevano venire dai moti spirituali dai quali procede l'Italia moderna, così profondamente diversa da quella che la Chiesa romana avrebbe voluto perpetuare, essi avrebbero giudicato che assai maggiore religiosità vera e vivente era nell'anima ignea e negli scritti e nell'opera di Giuseppe Mazzini che non in quella gelida e diffidente di Gregorio XVI e dei suoi preti ortodossi.

E, giudicando in tal modo, si vedrebbe che la società contemporanea, se pur sembra irreligiosa perchè non esterna nelle vecchie forme il suo ossequio ad una divinità e non ha fiducia nelle vecchie dottrine, è invece pervasa e percorsa da intime correnti di religiosità sincera e fattiva, le quali si manifestano in tante forme di lotta contro il male—l'alcoolismo, la tubercolosi, la miseria, l'abbandono o la poca cura dell'infanzia, ecc.—e di propaganda per iniziative benefiche, così varie e numerose che il solo esemplificare sarebbe lungo.

L'età nostra e la coscienza contemporanea ha dunque la sua religione così come le altre età hanno avuto la loro; e se essa offre caratteristiche assai diverse da quelle delle religioni passate: la poca cura delle formule dottrinali, la ripugnanza ai riti tradizionali, lo sforzo verso la libertà e la personalità, il culto della vita quale essa si offre alla nostra esperienza presente, senza affannose indagini su l'al di là, il senso della interiorità del divino, la praticità di intenti e di opere, tutto ciò a chi non abbia la mente ingombra di pregiudizii religiosi apparisce come un progresso e non come uno smarrirsi dello spirito religioso.

6. Ancora una osservazione. L'attenuarsi del vincolo, già così stretto, fra la fede interiore e la religione esteriore, con la sua gerarchia e le sue dottrine e i suoi riti, ha gettato in una crisi gravissima le vecchie religioni e in particolar modo il cattolicismo.

Roma, soprattutto, sentendo venir meno il sostegno di tutto il suo colossale edificio esteriore, si affanna a dare a questo la maggior consistenza possibile, perchè esso possa reggersi, corpo senz'anima, quasi per l'istesso suo peso. Di qui le varie riforme di Pio X: la condanna del modernismo, la codificazione del diritto, le riforme liturgiche, la rigida difesa della tradizione ortodossa; tentativi disperati di puntellare un edificio sotto il quale viene mancando il terreno.

Ma chi giudica del valore dei segni e dei riti religiosi da ciò che essi contengono di religiosità viva e palpitante, quegli è condotto ad una grande serenità di giudizio e ad un rispetto sincero che va diritto alle coscienze e da esse discende alle forme esteriori con le quali queste manifestano, con maggiore o minore chiarezza ed efficacia, le loro fedi.

E lo sforzo di questo osservatore, se egli si trasformi in uomo di azione, sarà, non già quello di difendere tenacemente ed imporre delle forme fisse, ortodosse, di religiosità, quali che si sieno, ma, al contrario, di cercar di diminuire quanto è possibile ogni differenza artificiosa ed ipocrita fra la interna religiosità e la religione esteriore; di ravvivare e liberare ed alimentar quelle, anche se l'effetto inevitabile sarà una reazione immediata contro le vecchie formule che tenevano servo ed avvinto lo spirito.

Questo modo di regolarsi, quando esso fosse riconosciuto buono e praticato da molti, avrebbe certo risultati preziosi nella nostra vita spirituale di individui e di popolo; poichè ci permetterebbe di liberar noi stessi e via via il popolo italiano dai pregiudizi e dalle passioni che esso porta nel giudizio di materie religiose; di scindere la causa della religione popolare, vestita di forme cattoliche, da quella della teologia e della gerarchia romane; di vedere nel clericalismo, non la difesa della religione, ma l'ultimo sforzo d'una gerarchia che dal progresso dello spirito religioso si vede minacciata e dannata; di elevare e nobilitare ai nostri occhi le varie forme di attività educatrice e benefica nelle quali si dispiega la religiosità dello spirito contemporaneo; di permettere a ciascuna coscienza ed all'insieme di esse un più libero e sincero e coerente atteggiamento dinanzi a sè stesse e ai doveri e ai misteri e ai fini supremi della vita.

7. Quali sieno stati gli effetti della confusione fra religione esteriore chiesastica e religiosità negli ultimi tempi è noto. Quattro secoli di storia di questa confusione hanno

fatto la grande menzogna, della quale soffre, nei paesi latini, la civiltà contemporanea: hanno messo, dall'una parte, la religione con la reazione, dall'altra, la democrazia con la rivolta. Fatali, storicamente, l'uno e l'altro accoppiamento, ma fonte oggi, di equivoci, di confusioni, di danni innumerevoli. Perchè l'alleanza della religione storica dei popoli latini, del cattolicismo, con la reazione ha profondamente falsato il concetto della religione e delle energie spirituali che essa alimenta; come, d'altra parte, la pertinace ideologia di rivolta impedisce alla democrazia di vedere chiaramente i suoi compiti positivi, la lenta paziente faticosa costruzione della società nuova; costruzione che deve cominciare dalle coscienze ed educare queste e modificarle profondamente, prima di tradursi in fatti in leggi in istituzioni sociali.

Dissociare queste due tenaci e false associazioni di idee e di cose deve essere oggi l'ufficio di quanti amano sinceramente la democrazia. Dall'una parte, cioè, bisogna distaccare la religione dalla reazione, abbandonando a questa tutte le forme e le formule di quella, oramai morte e vuote di contenuto, portando alla democrazia l'anima viva di una religiosità che è fervore di fedi di entusiasmi di sacrificio per il bene.

Dall'altra parte, alla democrazia stessa bisogna fare intendere che se essa deve riserbare alla violenza un posto nelle eventuali ore decisive della storia, nelle quali un mondo nuovo non può nascere senza una lacerazione del vecchio, oggi, conquistate le libertà politiche, aperte dinanzi al proletariato innumerevoli vie di azione positiva, l'ideologia rivoluzionaria non fa che turbare gli spiriti ed offuscarli, nascondendo ad essi i compiti positivi della riforma.

Il modernismo religioso lotta per la democrazia, analizzando e risolvendo le religioni storiche, dividendo le cose morte dallo spirito vivo del quale quella ha bisogno di alimentarsi. La rivolta lotta per la reazione, perchè nella irrequietezza torbida delle fermentazioni proletarie delle grandi città e negli impazienti e nei demagoghi attenua od annulla il senso delle responsabilità e dei doveri morali, crea ed alimenta la sciocca illusione che quello che deve esser fatto con molto amore e con molta pazienza, con il contributo assiduo e volonteroso di tutti, dipenda da un colpo di forza. Ed essa permette alla reazione di avvalersi e di profittare del timore suscitato nelle classi medie dai tumulti irrequieti e dalle minacce insistenti dei demagoghi.

Ma coloro i quali, ribellandosi alla tradizione di secoli di lotta, riescono a superare le antitesi ed a vedere nella democrazia un'anima religiosa, nelle impazienze della rivolta un'anima reazionaria, sono ancora molto pochi.

Essi muovono da questo concetto, così semplice e fondamentale, che come l'età antica, il medio evo, in ciò che lo costituisce, era l'assoggettamento dell'uomo ad istituzioni ecclesiastiche e civili concepite come dominatrici per un diritto superiore e divino, l'età moderna consiste invece nella affermazione della sovranità dell'uomo, dello spirito umano sui costumi sulle leggi sulle istituzioni sociali. Questo sforzo continuo di effettiva sovranità, di rinnovazione sociale, di dominio dello spirito sulla storia ha due lati, due momenti, due aspetti che non possono essere divisi; dei quali l'uno interiore, l'altro esteriore.

Primo momento. L'individuo, il singolo, diviene uomo, cioè umanità, cittadino, coscienza libera, signore delle sue fedi e delle norme della sua condotta, capace di effettiva sovranità, non in nome di un capriccio individuale, ma in nome delle esigenze ideali di giustizia e di bene che egli porta con sè. Ed egli pone e nutre così in sè stesso una esigenza, una sete, una energia di giustizia di riforma di rinnovazione la quale potrà poi essere impiegata nelle lotte e conquiste civili.

Secondo momento: questa sete di giustizia più alta, di fraternità più largamente ed efficacemente umana, che si è venuta facendo nella esperienza della vita sociale, entra in conflitto con gli ostacoli che la realtà concreta oppone alla sua realizzazione, educa e prepara ed organizza le forze le quali possano assicurare la vittoria dell'ideale democratico. Queste forze lottano e si addestrano nelle libertà politiche, nelle iniziative pratiche, nelle riforme positive.

Il primo momento è quello della democrazia come interiorità, come sogno e fede e entusiasmo, della democrazia—religione; il secondo momento è quello dei compimenti esteriori, delle lotte sociali e politiche.

Questo concetto della religiosità e della religione è il messaggio che il modernismo ha per molti contemporanei; il messaggio che modestamente ma tenacemente noi ripeteremo, nelle vie e nelle piazze, a chi ascolta e a chi non ascolta, a voce alta e ferma, sinchè esso non sia inteso.

LA LIBERTÀ E L'UNITÀ RELIGIOSE

La libertà religiosa.

L'unità religiosa nella libertà è il motto di questi congressi, opposto all'altro: l'unità religiosa sotto la mia autorità, nel quale si compendiano la dottrina e la pratica della Chiesa di Roma.

E il nostro congresso realizza già largamente l'unità nella libertà; poichè gli aderenti ad esso:

o sono credenti secondo la regola di fede di alcuna delle confessioni religiose protestanti, qui fraternamente adunate;

o sono uomini che, cristiani non iscritti a chiese, riconoscono e apprezzano nel Cristo e nel cristianesimo, considerato nelle sue direzioni e credenze fondamentali e nei valori di vita religiosa che esso ha esaltato, una interpretazione dell'esistenza umana e del mistero delle cose la quale, se non può essere definita per essi in formule e riti precisi, è ricca pur sempre di un significato e di un contenuto vitali ed esige l'adesione dello spirito;

o, se anche sieno giunti a conclusioni le quali non permettono di vedere in ogni fatto religioso e religione positiva e in ogni rivelazione e dottrina altro che momenti storici definiti dello spirito religioso che si svolge, superando, con l'impeto di una interiore attività creatrice che mai non resta, ogni sua precedente posizione e definita concretezza, veggono pur sempre nel cristianesimo storico una grande pedagogia religiosa della civiltà europea, la quale, per i servigi che può ancora rendere, sotto molti aspetti ed a molti spiriti, merita di essere considerata con animo scevro da ogni passione polemica, e condotta, per altri sviluppi ed applicazioni forse secolari, sino all'esaurimento ed annullamento di sè nella piena maturità dell'alunno, che è lo scopo di ogni buona pedagogia.

Nell'uno o nell'altro di questi modi, il fatto cristiano ci unisce tutti, come punto di partenza e come via, quali che siano le mete più o meno lontane alle quali tendiamo; e ci permette di essere insieme fraternamente e di discutere e di intenderci intorno al modo di aver fra noi rapporti sempre più intimi, di aiutarci nella comune opera intenta a detergere la coscienza religiosa europea dagli odii teologici che ancora la intorbidano e le annebbiano la vista e ad ottenere dai valori cristiani, messi in armonia con la cultura e le aspirazioni del nostro tempo, il massimo risultato possibile.

Egli è che tutti qui abbiamo imparato, eredi di una esperienza storica maturatasi in lotte secolari gloriose, od ammaestrati dalla nostra stessa esperienza personale, l'importanza ed il pregio della libertà religiosa, e questa anteponiamo, in qualche modo, allo stesso giudizio che ciascuno di noi si fa della legittimità o della credibilità delle speciali dottrine religiose alle quali aderiamo come singoli. Poichè nessuna fede ci sembra degna di esser vissuta e per la quale si lavori o si faccia sacrificio di sè, che non sia capace di vivere e di crescere nella libertà, non educhi anzi alla libertà lo spirito di chi la riceve; e, per converso, ogni fede alla quale l'animo aderisca con intima persuasione e che sia, non parola o gesto vuoto di vivente significato, ma traduzione in simbolo e in rito di quei valori spirituali e morali che la coscienza praticamente realizza, termometro della temperatura spirituale, saliente con questa, ci sembra degna del massimo rispetto e considerazione, come frutto dello spirito, che spira dove vuole.

Noi siamo dunque qui adunati, non per talune fedi contro altre—non siamo un concilio—e non per cercare il minimo comune denominatore di un certo numero di fedi, opera impossibile e vana, essendo ogni concreta fede vivente tutta sè stessa, ma per asserire e propugnare, contro ogni forma di ipocrisia religiosa e contro ogni pretesa di fissità storica e dommatica intangibile di una determinata fede, e di autorità ecclesiastica imponente o misurante dall'esterno le fedi, la sincerità religiosa; sincerità che è libertà, poichè è riconoscimento dell'esigenza, imprescrittibile in ciascun individuo, di giungere ad una fede consapevole la quale sia diretta e perspicua espressione del suo vero animo religioso e si alimenti di tutta la sua vita interiore.

E, così facendo, noi abbiamo fiducia di raccogliere ed in qualche modo precisare le tendenze spirituali e religiose della nostra epoca. Poichè la gloria e il tormento di essa, da quando sorse l'età moderna, fu appunto la liberazione della coscienza e dello spirito umano dal peso opprimente di vecchi istituti sociali, la costituzione della personalità umana sulla base dell'autonomia, e la sovranità dell'uomo, fatto così padrone di sè, sulla sua storia.

La prima rivendicazione dell'uomo moderno è quella della divinità, strappata al sacerdozio che ne aveva fatto monopolio, restituita all'intima coscienza umana. La prima libertà proclamata, quella dalla quale ogni altra doveva poi logicamente discendere, fu la libertà religiosa; benchè poi questa, prima ad illuminare i vertici della coscienza filosofica, rimanga ultima da conquistare per le moltitudini, che debbono innanzi giungere con cammino faticoso a una sufficiente padronanza di sè e somma di cultura.

Dalla fine del sec. XV, ogni riforma religiosa è un passo verso la libertà, ogni grande moto d'idee affina o prepara, talora inconsapevolmente, questa consapevolezza dello spirito dell'uomo, signore di sè e della sua storia. Signore non perchè non porti con sè la sua legge di bene, alla quale obbedire è regnare, ma perchè non ha e non riconosce padroni fuori di sè; o, meglio, non si fa servo delle sue illusioni, le quali solo possono effettivamente sancire il dominio su lui di un altro; ad esempio, del papa, al quale fosse riconosciuta un'autorità che, all'infuori del tramite della coscienza, gli venisse direttamente e miracolosamente da Dio.

La nostra libertà adunque, quella che noi siamo fieri di aver rivendicato e difendiamo e vogliamo, per noi e per il prossimo nostro, far sempre più larga e sicura, non è orgoglio di anima che si ribelli alla divinità, non filosofia audace che proclami vuoti i cieli e l'uomo creatore non solo degli dèi, ma di Dio; è libertà che si afferma storicamente, nel seno delle istituzioni trasmesseci dagli avi, per piegarle al dominio di una crescente consapevolezza, per liberarle da ciò che di esse muore, mutando la cultura ed il senso dei valori spirituali, per investirle insomma della presenza viva di uno spirito che, affaticato da una divinità interiore, continuamente crea la sua storia, vive la sua nuova vita.

In questa continuità di vita che è creazione e perenne novità, noi accettiamo il passato—le tradizioni, le dottrine, i riti, le chiese—non come norme immutabili e limiti, ma nella misura in cui esso è continuità vera, acquisizione e patrimonio nostro; accettiamo il presente, i dati di fatto offerti al nostro spirito come materia del suo lavoro, ma lo accettiamo appunto come somma di dati, di condizioni poste, di materia da elaborare, non come misura ed argine; obbediamo alla divinità, quale essa ci si offre, al lume della nostra esperienza religiosa, come a legge dello spirito, come a necessità della libertà.

Interiorità e immanenza.

Ma un passo sul terreno filosofico conviene pur fare, almeno per rimuovere equivoci, facili e frequenti in materia.

Nell'affermata immanenza della divinità, nello spossessamento del sacerdozio che pretendeva frapporsi, arbitro e sovrano, fra essa e Dio, noi abbiamo veduto modificarsi profondamente un rapporto; non quello che lega la coscienza al suo Dio, ma l'altro che lega la coscienza alle sue creazioni sociali e storiche. Abbiamo detto: tutto, nella storia, è opera dell'uomo; in ogni atto o momento o istituto di questa si rivela l'uomo, così come egli è, frutto e fattura di una complessa tradizione, coscienza che si dibatte nella lotta con l'errore e col male, per ascendere al bene e alla verità.

Dal regno della storia—al pari, del resto, che dal regno della natura—Dio non è quindi escluso, in forza della posizione della libertà spirituale o del determinismo fisico; può essere è pur sempre presente, ma in un altro piano. La parola, il comando, l'opera di lui giungono a noi attraverso alla storia, tradotti cioè in parola, in precetto, in opera di uomini, fatti già storia, e quindi concretezza e relatività e miscela; e a noi rimangono pur sempre la necessità e il dovere d'interpretare, di discernere, di prendere quello che sentiamo esser vita per noi, di assumere e trasfondere in questa nostra vita gli elementi che ne sono capaci, rimuovendo e sacrificando il resto.

E la norma di questa assimilazione e nutrizione spirituale non può essere che in noi, nella luce interiore che si fa nel nostro spirito, se esso segue «sua via».

Vi sono bensì delle parole, degli atti di tale più alto e divino eroe ed assertore della coscienza religiosa che ci appariscono come traslucida rivelazione dell'assoluto religioso: molte pagine del Vangelo, la morte di Cristo. Ma sono parole, atti e momenti singoli immensamente remoti dalla complessità di una dottrina e di un sistema religioso, di una liturgia, di una Chiesa; poichè appena quel lucido rivo incomincia la sua via, incomincia anche necessariamente ad ingrossare del contributo di innumerevoli coscienze.

Ma questa autonomia spirituale di ciascuna coscienza, si chiede, non rende impossibile ogni religione positiva, se religione positiva è consenso di più persone nell'adorazione di un Dio? E la coscienza religiosa, che adora il suo Dio, non tende necessariamente a superarsi e contraddirsi, per il fatto che essa, riconoscendo nel suo Dio il vero Dio, non può per ciò stesso ammettere o tollerare altre forme di adorazione di Dio, altri dèi? «In quanto e nel momento in cui io adoro il mio Dio, non posso ritenere questo Dio come esistente soltanto dinanzi a me, senza, per ciò stesso, annullarlo come Dio, e quindi anche in quanto mio. O è Dio per me e per gli altri, o non è Dio neppure per me»[1].

A parte il fatto che una tale difficoltà deve essere risolta in qualunque sistema religioso, poichè anche in un noviziato di gesuiti il Dio di un novizio non è Dio dell'altro che per approssimazione e artificiosamente, tanto che il Dio del superiore dei novizi vuol essere obbedito ciecamente e senza discussione, e quindi il Dio degli inferiori non è che un odioso gendarme... di se stesso, la difficoltà nasce dal non aver compreso di qual natura sia e quale possa apparire alle coscienze il Dio della immanenza, nel senso non trascendentale ma psicologico e storico da noi indicato.

Il Dio che io adoro, il mio Dio, è una mia creazione e costruzione; e io lo adoro. Egli è mio, e quindi talmente mio che non può esser di altri, perchè è specchio e fattura e personificazione della mia coscienza; e tuttavia mi unisco ad altri nell'adorarlo.

Mai forse si trovarono insieme, come in questo congresso, uomini di fedi diversissime—o forse solo al congresso delle religioni a Chicago—; e pure queste nostre riunioni sono una tacita adorazione di un unico Dio.

La verità è che non nell'oggetto o nel fatto o nel verbo della mia creazione sta la religione mia, ma nell'atto stesso della creazione; non in quanto va a Dio, ma in quanto viene da Dio ed è uno sforzo con il quale questo Dio da cui viene si trasfonde nel mio essere e lo nobilita e lo spinge innanzi, a superarsi, ad ascendere, a divenire più efficace ed intensa creazione.

Quindi il mio Dio non in tanto è Dio in quanto viene, uno e identico, adorato da molti, ma in quanto uno s'incarna ed esprime e traduce in molti, ineffabile e incommunicabile secondo quel che egli è, vivente e vero e concreto in ciò che noi siamo ed andiamo divenendo secondo lui, in cui viviamo, ci muoviamo e siamo; uno e vero nella stessa molteplicità delle imagini.

Aver creduto di poter passare dalla interiorità alla esteriorità spirituale fissando un Dio oggetto, persona esteriore e tipo, è l'errore, in proporzioni più o meno gravi, di tutte le religioni storiche del passato, ed insieme la fonte di tutte le discordie teologiche e religiose; aver veramente e definitivamente ricondotto la religiosità nella interiorità è la grande conquista spirituale della coscienza moderna.

In essa i diritti dell'individuo sono salvi, appunto perchè è preclusa ogni via alla sopraffazione di un altro individuo nel nome della divinità; ma insieme sussiste il vincolo religioso, fra individui, nello spazio e nel tempo, come vedremo.

Quale sia poi la natura metafisica di questo Dio, quale il suo essere ed i rapporti del suo col nostro, quali il carattere, i limiti, le leggi della nostra personalità spirituale in rapporto ad una personalità divina trascendente, od in ordine ad uno spirito davvero immanente del quale noi non siamo che momenti e frammenti, sono questioni troppo difficili e vaste, che non ci è necessario qui esaminare.

Ma quello che in ordine a tali argomenti si può oramai dire, nella speranza di essere intesi da molti, è l'incitamento a una grande modestia. Oramai non può non apparirci puerile chiunque esponendo la sua filosofia non mostri il senso vigile della relatività del proprio sistema e delle conclusioni tratte con dialettica faticosa, nella quale molti oscuri elementi extradialettici s'insinuano, dai proprî principî.

Affatichiamoci a far la luce intorno ad alcune concezioni fondamentali, a chiarire le esigenze di quello che, in molti pensanti, è pur sempre il pensiero. E, d'altra parte, affatichiamoci a porre in luce le esigenze e i postulati della nostra vita morale, seguendoli poi fiduciosamente. Sono due traduzioni faticose; l'una, traduzione della realtà fatta, compiuta, presente, che c'è data, e del nostro spirito, colpito, non nel suo più intimo essere, ma nell'atto dell'indagarla, in scienza; l'altra, traduzione della realtà stessa intima, profonda, creatrice, che è in noi, di noi come attitudine e possibilità di essere, di un essere in noi che è divenire, e dell'immenso mistero che questo divenire accoglie nel grembo, in fede.

Non riusciremo certamente con ciò a fondere in armonia le varie correnti e scuole d'idealismo e di spiritualismo che dominano ai nostri giorni: per esempio, Croce, Bergson, Royce, tre gradi dall'astratto verso il concreto essere spirituale; ma procederemo più cauti, insieme, e più fiduciosi.

La pratica della libertà.

In forza adunque di questa libertà spirituale che c'è cara e per la quale abbiamo lungamente lottato e sentiamo di dover continuare a lottare, noi non ci sentiamo isolati, non ci costituiamo come grezze individualità, in lotta con ogni altra, non ci disinteressiamo nè della tradizione religiosa, nè della Chiesa, nè del prossimo nostro. Come nella vita civile, anche per la nostra vita spirituale noi abbiamo bisogno di alimento e sentiamo di dover procurarcelo insieme, raccoglierlo da ogni parte. Il buon grano, in qualunque continente prodotto, ci nutrirà, poichè una è la legge di conservazione e di sviluppo delle nostre anime.

E se, nei secoli e per gli uomini che ci precedettero, dinanzi alla sete di libertà si delineò il più spesso un còmpito di opposizione e di distruzione, tanto era forte e vicino il nemico di essa, oggi un più sereno lavoro incomincia: e il desiderio di avvicinamenti proficui, d'intesa, di collaborazione ci spinge gli uni verso gli altri. Ed è una prova palpabile della presenza e dell'efficacia di un Dio interiore, il quale regna su di noi, il fatto che noi siamo portati a cercare—mossi gli uni verso gli altri da un'intima simpatia—quali sieno i còmpiti positivi e ricostruttivi della libertà.

Questa, innanzi tutto, non ci allontana, di per sè, dal cristianesimo, il quale anzi in essa e per essa solo diviene adorazione del Padre in spirito e verità. Accetta, anzi esige, la revisione critica delle dottrine o dei credo cristiani; poichè tutto lo sviluppo storico dello spirito umano, in quanto esso è aumento di consapevolezza e di dominio delle cose e di sè, riferisce ad una unica fonte di progresso, la divinità interiore della quale vi ho detto; e tutto lo spirito e tutta la coscienza vede presente con atto inscindibile in ogni sua diretta e spontanea manifestazione. Non può quindi ammettere che esista un dissidio fra la fede religiosa e il sapere scientifico o lo spirito pratico, il quale si esercita nelle attività giuridiche ed economiche e nel tessere, nella trama degli istituti sociali, la sua storia. Il sapere scientifico ci ha condotti a considerare le religioni storiche come lente complesse formazioni culturali, idee erompenti dallo spirito religioso, in un momento solenne di intuizione precorritrice e di visione profetica, ma che poi si organizzano in Chiese, assumendo e assorbendo dal mondo circostante le forme e le vesti concrete, con forza di assimilazione degradante, sino a che la lettera e il corpo non sopraffanno lo spirito? Ebbene, con tal occhio noi dobbiamo esaminare la storia anche delle nostre confessioni religiose. Lo spirito pratico dà luogo ad una magnifica fioritura di istituzioni democratiche e ad un affanno assiduo di correzione e rinnovazione di questi istituti? Ebbene, questo principio democratico, che afferma ed attua la sovranità dello spirito umano sulla sua storia, deve essere accettato anche dagli istituti religiosi, simili a ogni altro nei loro processi storici, in quanto fatti e forme concrete dello spirito anche essi.

In questo senso la libertà religiosa è, di fronte ad ogni Chiesa che voglia chiudersi nelle sue tradizioni e nel suo passato, modernista; poichè essa è l'attualità, l'atto vivente e fluente della coscienza, l'onnipresenza di questa in ogni manifestazione della sua vita, anteposta alla abitudine ed alla stasi. La vita religiosa, in quanto vita, è assimilazione, sintesi, creazione continua.

E per ciò stesso essa è unità interiore, armonia. La storia delle Chiese cristiane è ricca, sotto questo aspetto, di un insegnamento solenne che non deve andar perduto. In essa noi vediamo sempre, di fronte a pochi spiriti irrequieti ed ardenti, autoritari e severi, per i quali l'autorità era spesso uno strumento di dominio, un numero grande di coscienze nelle quali la medesima fede degli apostoli, dei pastori, degli inquisitori, era una mezza sincerità e una mezza coscienza, sorretta dall'abitudine, dal timore, dall'ignoranza, accanto alla quale coesistevano motivi di condotta di assai diverso e spesso di opposto valore.

Ed abbiamo anche visto quello che agli occhi della divinità deve essere stato il più triste dei tanti tristi spettacoli dei quali è piena la storia degli uomini: coscienze costrette a mentire con gli atti esterni una fede che non avevano, sotto pena di vessazioni d'ogni genere, di tormenti e di morte. Nei quali fatti non è possibile vedere l'illusione, che troppo sarebbe stata assurda, anche nei teologi medioevali, di chi tenta di imporre una fede a una coscienza come si impone una veste a un corpo legato; ma la persuasione che l'omaggio, anche esteriore e falso, reso da una coscienza all'autorità religiosa, valesse più che quella medesima coscienza. L'autorità era fatta Dio.

Nella libertà religiosa, invece, la coscienza, messa in possesso di una fede o direttiva spirituale alla quale corrisponda l'intimo testimonio suo proprio, aspira quella fede con tutti i suoi polmoni, la trasfonde nel suo essere morale, ne fa, come io vi dicevo innanzi, la sua stessa temperatura spirituale.

E tanto è lungi la libertà religiosa dal promuovere la dissociazione e l'anarchia spirituale che solo in essa è possibile l'unità. Poichè non vi è possibile intendere unità vera fra più credenti in ciascuno dei quali s'abbia dissidio e discordia interiore; sia perchè quello che essi contribuiscono all'insieme è solo una parte di sè, sia perchè il consenso al vincolo esterno rispecchia le stesse fallacie che abbiamo riscontrate nel consenso interiore a una fede, sia infine perchè in ciascuno rimangono elementi non assimilati ed irriducibili, abitudini, egoismi, cupidigie le quali impediscono praticamente l'unità vera degli animi, l'amore, nel quale sta tutta la legge e tutta la profezia.

Parrà tuttavia a taluno che esista contraddizione fra il postulato della libertà religiosa che è: sii te stesso, e il postulato dell'unità religiosa che è: siate uno. E, ad ogni modo, giova veder più addentro in questa materia.

Se le due esigenze, quella della libertà e quella dell'unità, fossero inconciliabili, noi dovremmo purtuttavia, penso, dare la precedenza alla prima. Poichè i fini dell'essere e della vita sono concretamente posti nell'individuo e raggiunti da esso, e ogni individuo non può altrimenti raggiungerli che cercando la conservazione, la pienezza, l'armonia del suo proprio essere. Se le Chiese esistono per le coscienze e non queste per quelle, il giudizio della coscienza, come Newman diceva, è superiore al papa, è definitivo ed inappellabile; e qualora non ci fosse, per ottenere l'unità delle coscienze, altro modo che il giudizio supremo ed inappellabile del papa, del capo di una Chiesa, rinunziamo alle Chiese, avvenga quel che vuole.

Ma la contraddizione è impossibile, e per un motivo semplicissimo: l'unità cercata esiste già nelle coscienze, anteriormente ad ogni nostra ricerca; poichè ciascun uomo è umanità, ciascuna coscienza è spirito, una è l'intima natura e la vocazione originaria degli uomini, che nella vita e nella storia si esplica e si attua, innumerevole nelle forme concrete, identica nelle profonde esigenze ed aspirazioni.

Ma, appunto, l'unità esiste, allo stesso modo che la coscienza, come farsi, come divenire, come processo perenne. L'innumere frazionamento dello spirito negli spiriti è il dato, il fatto bruto, l'individuazione. Ma come in ciascun uomo il farsi, come uomo, è il divenire sempre più consapevolezza, coscienza, volontà autonoma, l'educare da sè ed in sè l'umanità e lo spirito, così il farsi di molti uomini è il farsi dell'uomo, dell'umanità, dello spirito, dell'uno ed universale, nei molti, è il divenire molti uno. E poichè questo è il supremo dovere umano, e per ciò stesso è il dovere religioso, il primo precetto religioso è il porre come norma, come esigenza, come dover essere, come fede, questa unità. Siate uno, perchè una è la vostra divina genitura, è quindi il supremo precetto religioso; e la religione che questo precetto ha dato ha raggiunto l'assoluto religioso, sia esso l'assoluto essere che è poi divenire in noi, o l'assoluto divenire.

Giungere, dove giunge taluno, sulle tracce di Hegel, a dire all'uomo: sii lo spirito, è molto, ma non basta; perchè ineluttabilmente, in un certo senso, l'uomo è questo che gli si chiede di essere; anche quando, negando lo spirito, non si libera dalla immanente dialettica di esso e procura e prepara, nella negazione della negazione, la sintesi.

Dire agli uomini, senza confini di razza o di spazio, siate uno, è aggiungere al fatto la norma, designare praticamente lo sforzo che è necessario compiere per comprimere, dominare, tagliar via quello che ripugna all'unità, è tracciare la via al divenire spirituale non del singolo, ma dell'uomo fra gli uomini, moralizzare la condotta umana moralizzando insieme tutto quel complesso intricato di rapporti e di interdipendenze sociali, sulla cui trama essa si svolge; è assegnare la massima importanza a ciò che unisce, e che ha virtù di unire, non in certe situazioni e in vista di certi interessi, ma sempre e dovunque, su ciò che divide.

Cristo è quindi prima di Kant e dopo Hegel, è l'inserzione viva, nella storia umana, della suprema esigenza religiosa.

A questo modo noi sappiamo di poter, cercando la libertà, cercare insieme l'unità. La molteplicità, concretezza bruta di fatti e di cose date, coincide con la necessità; la coscienza che, nelle condizioni storiche dalle quali emerge e che le sono assegnate, cerca sè stessa consciamente e con volontà retta, cerca insieme l'unità, l'essere suo vero eterno profondo. La verità vi farà liberi.

Le Chiese e il loro ufficio.

Ed ora s'intende che cosa sono le Chiese; poichè come, in un primo momento, dal concetto di libertà deducevamo quello di rispetto alle fedi sincere, così ora possiamo dedurne un altro anche più positivo e fecondo, quello di un voler essere uno che è anche un farsi insieme, un cooperare, un cousare e trasmettersi una certa somma di beni spirituali, di riti, di simboli, di norme, di sussidii esteriori di tali attività pratiche; in altre parole, una comunità religiosa, una ecclesia.

Ma alcune considerazioni sono qui necessarie per meglio intendere la natura di queste comunità religiose.

Innanzi tutto, non dobbiamo dimenticare che quello che in esse ha importanza prevalente e decisiva sono dei fatti di coscienza. Attraverso alle astratte concezioni giuridiche ed alle personificazioni antropomorfiche, noi dobbiamo giungere alla sola vera realtà, e concepire le Chiese come gruppi di coscienze nelle quali la vita spirituale è sempre uno sforzo, un tendere verso, un voler divenire, che ha già in questa volontà buona il suo parziale e progressivo compimento. Nell'unità inscindibile di questo atto spirituale, ciascuna coscienza è la sua fede, e la sua Chiesa, è una incarnazione del divino.

Ma esse coscienze sono poi associate; associate da un'altra serie di fatti spirituali che potremmo dire secondari e riflessi, i quali vengono in rilievo esaminando la formazione storica e la costituzione delle singole Chiese. Essi sono una tradizione comune, dei riti e dei simboli; sono i rapporti pratici di fraternità correnti fra i socii, le forme concrete di tutela giuridica che lo Stato accorda all'associazione per il raggiungimento dei suoi fini sociali, le iniziative e le opere alimentate con comune sforzo.

Questo insieme di fatti spirituali, questo vincolo sociale ha, evidentemente, valore e forza solo in quanto esso giova alle singole coscienze; in quanto, accettato da queste come spiritualmente utile e buono, serve ad esse per nutrirsi di una fede, per esprimerla, per suscitare emozioni giovevoli, per permetterle di esercitarsi più facilmente in opere pratiche. Se cessasse questa interiore e personale giustificazione dell'adesione a una Chiesa, se questa non servisse a far più intenso ed efficace lo sforzo degli associati verso una più intima vita spirituale loro, per la quale tutto il resto ha ragione di mezzo, l'adesione stessa non sarebbe più un fatto religioso, ma sì politico o economico o giuridico, come spesso avviene.

Da ciò apparisce, di nuovo, come libertà ed unità procedono insieme, nelle Chiese degne di questo nome, e si rinsaldano l'una l'altra.

E da ciò anche ci è permesso di intravedere una più alta unità, non più tra i singoli in una Chiesa, ma tra le Chiese medesime. Poichè se ciascuna di queste deve, naturalmente, aver fiducia nella bontà e nell'efficacia dei suoi simboli e delle sue dottrine, senza la quale fiducia non si avrebbe sincerità ed efficacia di proselitismo, una equa considerazione della infinita molteplicità e varietà delle coscienze e delle formazioni storiche e delle condizioni di cultura deve pur avvertire ciascuna di esse della contingenza e relatività sua, nei confini della quale l'opera dello spirito non può essere limitata.

E ciò tanto più facilmente avverrà quando si tratta di confessioni varie che, come le chiese cristiane di occidente, sono allacciate, nella storia e nella cultura, in un grande processo di formazione comune; o di dottrine metafisiche e morali le quali, a dispetto delle superficiali contraddizioni, di questa cultura cristiana europea sono come il frutto maturo.

Ma non mi si fraintenda. Io non dico che il senso della relatività delle singole chiese ed istituti ecclesiastici debba condurre le coscienze ad un relativismo religioso, ad un giudizio di equivalenza delle singole fedi, il quale poi finirebbe con l'essere un amabile scetticismo. Nel bambino che, divenendo grandicello, impara che vi sono molte madri non viene meno per questo l'amore alla sua madre. Alla chiesa nella quale uno si è trovato e vive spiritualmente bene, la quale gli ha dato e gli dà i maestri interiori, i fratelli di affanni e di ricerche, il linguaggio religioso, e che è per lui come una patria dell'anima, quegli rimarrà legato per questi vincoli dei quali è tessuta la sua stessa coscienza. Ma, appunto, il riconoscere che egli ama quella chiesa non perchè è l'unica madre, o la più grande delle madri, ma perchè è sua madre, lo farà persuaso del dovere di rispettar le altre madri.

In altre parole, quanto più direttamente l'amore e il culto vanno alla vita interna e alle fonti occulte e misteriose che l'alimentano, quanto meno essi si arrestano sulle forme e i simboli, tanto più il credente potrà unire la sicurezza e la gioia del possesso individuale, nel quale, ma solo nel quale, forme e simboli e contenuto fanno uno, con l'ammirazione rispettosa della molteplicità di processi e di forme che la vita stessa religiosa riveste. E se egli fosse anche indotto dai suoi studi a considerare la propria fede come il frutto più maturo dello spirito religioso, sa che non si può forzar le altre piante ad identico frutto; e che giova alimentarle del comune succo della terra, perchè dieno il loro frutto, ma buono e polposo.

Per usare ancora una imagine, io direi che l'intelligenza teorica religiosa si va facendo luce più chiara ma più fredda, e che l'anima, invece, raccoglie più intimo e più vivo calore d'azione. Educare in noi la volontà buona, nobilitare nelle nostre vite la vita, andare diritto all'animo degli altri, attraversando tutto quello che in essi ci trattiene o ci respinge, questo è il processo che affina i liberi credenti, questa è l'unità che, per i singoli e per le chiese, erompe dalla libertà, una volta che la libertà sia sicuramente conquistata.

In questa ampia e nobile libertà c'è posto per tutti, solo che s'intenda come le molte vie dello spirito procedono dallo stesso principio, conducono allo stesso assoluto; e si accetti questa comune progenitura, questa solidarietà degli individui e delle generazioni, insieme con quel patrimonio di beni che la stirpe spirituale, da cui ciascuno di noi discende, ci trasmette; e su questa parte di patrimonio che è nostra si riconosca il diritto di tutti e ognuno voglia accrescerlo in sè e per sè, pensando e volendo che ogni accrescimento, da noi laboriosamente conquistato, divenga anche ricchezza degli altri che sono intorno a noi e con noi vivono.

Se amare è volere il bene, amare il prossimo è includerlo ed associarlo nella comune ricerca di un identico bene.

Come poteva negli uomini, e sopratutto fra i cristiani, sorgere e radicarsi e diffondersi l'idea di questa vita che si conquista perdendola, di questo arricchimento che è abnegazione e donazione di sè, di questa personalità che quanto è più ricca tanto è più rappresentativa, se non perchè veramente tali dottrine ci rivelano ad un tempo il segreto del nostro essere spirituale e il segreto dell'universo spirito? Esci da te, unisciti con l'altro che è anche te; uniti che siate, cercate profondo, stringetevi insieme, guardate alto, lontano, sino a ohe vi riesca di immergervi in questa grande unità vivente, che è voi, che è prima di voi e dopo di voi, nella quale sparisce per voi il prima e il dopo, perchè essa è la vita dello spirito eterno, l'assoluta coscienza.

L'avvenire del cristianesimo.

Taluni han cercato, nella loro opera di studiosi, della quale documenti numerosi sono raccolti negli Atti di questi congressi, di fissar le linee di una specie di evangelio primitivo, originario e fondamentale, che potesse essere come il comune patrimonio di tutte le Chiese cristiane e il vincolo della loro unità. Ma la ricerca ha pur sempre un carattere teologico; ed è inefficace allo scopo pratico verso il quale fu avviata.

Al cristianesimo non possono esser tracciati confini precisi. Esso è prima di Cristo, nei profeti; in Cristo è, come fu dimostrato, inscindibilmente, dottrina morale e visione escatologica; nei seguaci suoi incomincia presto ad essere cristologia. Si fonde in esso la cultura ellenica e crea il domma, la tradizione giuridica e imperiale romana e crea la Chiesa di Roma, riti di varie religioni orientali e creano il culto; superstizioni di popolo trasformano la nuova religione in superstizione.

Gli elementi tradizionali e sociali sono un poco alla volta così saldamente costituiti, così spontaneamente oggettivati che ogni intimo moto di religiosità personale, in quanto voglia erompere in proselitismo, è eresia e scisma. E ogni Chiesa cristiana è oggi eresia e scisma, per rispetto alle altre. Esse si sono moltiplicate contraddicendosi. E la personalità religiosa era così poco sicura di sè, così vincolata alla vecchia tradizione, al bisogno di appoggi esteriori, da esser quindi necessariamente portata a tradursi in chiesa, ad affermarsi come domma e come rito, a dominare ed escludere.

La pace, quando vi fu, fra le diverse confessioni avvenne praticamente, o in odio a un comune nemico più forte, la Chiesa di Roma, o per volontà di un comune patrono, lo Stato.

La libertà religiosa, il costituirsi di una personalità autonoma nelle fedi e negli atti suoi religiosi esigono uno sviluppo intellettuale e morale che non a molti, ancora, è dato raggiungere. Per i più, le chiese sono ancora una pedagogia necessaria. L'opera loro deve essere rispettata, può essere guardata con simpatia, sinchè si limiti ad offrirsi sussidio spontaneo a chi lo chiede, non si faccia imposizione e non cerchi insidiosamente di legare a sè le anime con altri vincoli che non sieno quelli spirituali.

Ma conservare una ortodossia propria diviene sempre più difficile a queste Chiese, per due motivi. Primo, perchè dinanzi alle negazioni radicali, involgenti tutto il cristianesimo e tutte le religioni positive, i particolari di dottrine e di rito hanno sempre minore importanza; secondo, perchè, dinanzi alla critica storica e biblica, i testi ed i documenti dell'ortodossia perdono molto del vecchio prestigio e la tradizione, anche la più vasta ed augusta, rivela la relatività sua e la complessità spuria di elementi e di vicende dalle quali è sorta.

E, mutato, come abbiamo detto, l'atteggiamento della coscienza dinanzi alle dottrine, considerate sempre più come espressioni mutevoli di una verità spirituale che bisogna sprigionarne, e dinanzi ai riti, appresi e cercati come strumenti di suggestione e di concentrazione religiosa, non come veicoli di grazia, ne viene di necessità che l'elemento dottrinale e liturgico abbia sempre minore importanza e che il vincolo fondato su di essi si allenti.

Ma previsioni intorno alla efficacia ed alla durata loro non è possibile fare. Le chiese sono il passato, in quanto esse hanno potere sui seguaci per la forza di una lenta formazione storica che foggiò le coscienze religiose entro forme e sistemi d'interdipendenza i quali sono come la struttura esteriore delle singole Chiese; l'efficacia pedagogica e la tenacia di conservazione di queste dipendono dalla maggiore o minore rapidità degli sviluppi spirituali, dalla maggiore o minore attitudine di singoli e di razze a stare ed a far da sè in materia religiosa.

Noi possiamo con fondamento supporre che per la maggior parte degli uomini le esigenze religiose continueranno ad essere motivo di socialità e di collaborazione in un determinato gruppo di fedeli; e possiamo trovare nel rito e nella disciplina di quella o di questa chiesa cristiana simboli e gesti i quali, ricondotti al loro originario significato o spiritualizzati con un contenuto nuovo, giovino ancora per molti secoli ad esprimere il pensiero od i sentimenti religiosi di una parte dell'umanità.

E possiamo anche ritenere—le esperienze religiose più vive degli ultimi tempi lo mostrano—che, con il diminuire della forza del vincolo creato dall'ortodossia, aumenti invece l'efficacia di un altro vincolo: la cooperazione nel compimento pratico del bene; specialmente se sulla beneficenza individuale e dispersa prevarranno le forme di educazione, di assistenza sociale e di previdenza che ci sono divenute familiari in questi ultimi tempi ed altre che potranno essere escogitate.

Può darsi che le Chiese si trasformino in gruppi di servizi sociali. Può darsi che le grandi manifestazioni popolari di culto assumano una forma sempre meno ecclesiastica; che il sacerdozio diventi, come in talune Chiese è divenuto, libera designazione di fedeli a funzioni di educazione e di assistenza pratica.

Nelle comunità cristiane, libere, che certamente si formeranno, il rito cattolico rivelerà forse una grande plasticità e possibilità di durata.

In tutti questi vari processi, che ho brevemente indicati, un fatto apparisce costante: la sempre minore importanza di elementi particolaristici e storici; la sempre maggiore importanza di elementi universalistici e pratici.

È necessario fare infinite riserve nel parlare dei prossimi futuri processi dello spirito e dell'associazione religiosa; ma possiamo prevedere, al confine dei tempi, una religione veramente umana ed universale che sia il culto della vita, e di ciò che della vita umana esprime le originarie e più profonde aspirazioni e tende al massimo della intensità spirituale; della vita divina, della massima somma di valori assoluti realizzantesi nel massimo sforzo di coscienze gelosamente educate a questa tensione e intenzione spirituale; e che, ogni opera della vita diventando così religiosa, per il significato e per il fine, la religione cessi di essere un aspetto ed un ramo speciale delle organizzazioni e delle attività umane, per abbracciarle tutte, spirito che vivifica.

La Chiesa di Roma.

Se quanto sono venuto esponendo è esatto, la Chiesa romana, non nel cristianesimo che essa ha comune con le altre confessioni, ma in ciò che è propriamente e caratteristicamente suo, può esser considerata come la negazione radicale della libertà, della vera unità religiosa. Per tutto ciò che la lega, dall'una parte alla tradizione cristiana, dall'altra alla vita della coscienza contemporanea, essa è ineluttabilmente affaticata dal medesimo processo di dissoluzione e di ricostituzione che tutte le forme storiche della vita spirituale affatica: e questo la fa ancora, e non ostante tutto, cara a quelli che crebbero in essa e che, rinnegati dal dominatore, si sentono pur sempre fratelli delle vittime sue.

Ma questo intimo moto, che è il modernismo, questa divina gravidanza, coloro che quella Chiesa rappresentano e dirigono si affannano a comprimere e a soffocare nel nome di tutta la tradizione: tragica pazzia, come la chiamava, fatto davvero demente, uno dei più fervidi persecutori del modernismo.

La tradizione teologica e disciplinare romana è la lenta formazione storica di una grande chiesa di autorità e di dominio. Una acuta e serena critica storica, come quella compiuta dal Loisy nel suo volumetto rosso: L'Évangile et l'Église, vi dirà che così come fece, nelle condizioni storiche date, il cristianesimo doveva operare e durare, diventando cattolicismo e Chiesa romana. Il riconoscimento di questa verità storica non ci vieta di asserire una più alta verità spirituale; che, cioè, questo trasformarsi e consolidarsi del cristianesimo in Chiesa era parallelamente un distaccarsi di esso dalla vivacità e profondità delle ispirazioni primitive, un ricadere di queste nei vincoli temporalistici e farisaici dai quali il Cristo aveva voluto con sforzo eroico distaccarle.

Ogni formula nuova del domma, frutto di lunghi affanni, è diminuzione e vincolo all'indagine; ogni rito che si precisa e si fa automatica ripetizione è impaccio ai liberi moti dell'anima; ogni incremento dell'autorità del clero è professionalismo per la via del quale si giunge a un punto in cui la Chiesa è divisa nettamente in due: un immenso gregge di seguaci passivi e un piccolo numero di despoti e di ministri; ogni nuova confusione di potere temporale e spirituale crea nuove forme di coercizione delle coscienze e scinde l'atto spirituale dalle forme esterne, obbligatorie e coattive.

Una certa libertà di vita si conserva nel cattolicismo sinchè mistici si sottraggono, nel chiuso dei chiostri, al vigile contatto del pontificato, e le lotte di questo col potere regio e imperiale permettono diversità di atteggiamenti e di opinioni. Ma quando la coscienza religiosa del nord, più profonda ed attiva, si stacca da Roma e proclama la sua indipendenza, la Chiesa di Roma, nella controriforma, si chiude sempre più nella sua tradizione di autorità e di dominio dall'alto, di obbedienza supina e passiva nel basso; e l'ordine dei gesuiti diviene la più chiara e terribile espressione di questo spirito della decadenza.

E negli ultimi tempi la Curia di Roma accentua sempre maggiormente questa tendenza, in contrasto aperto con quelle sopra descritte della libertà religiosa e dell'unità alla quale si giunge per essa. Negli atti del pontificato di Pio X noi troviamo documentate in forma perspicua le posizioni centrali della teologia e della disciplina romana: rigida immutabilità del domma, indagine scientifica limitata dall'autorità e rivolta a conclusioni predefinite, dovere di obbedienza assoluta di tutti ad un solo, al papa, su su per la gerarchia del clero, anche in materie politiche e sociali; autorità piena e perfetta della Chiesa anche sullo Stato e nelle costituzioni civili, inanità e perversità di tutto quest'intimo affanno della coscienza moderna dovunque essa tenti di tracciarsi vie che non sieno le antiche.

E l'origine di questo sistema, logico e tenace fino all'assurdo, è nella dottrina stessa della verità e della salute religiosa che la Chiesa propugna; secondo la quale gli uomini sono di per sè cattivi e schiavi dell'errore e del male, e la salute viene da un Dio esteriore e sovrano il quale affida il magistero e il ministero alla gerarchia cattolica; dalla quale quindi conviene essenzialmente dipendere ed alla quale obbedire perchè essa, per diritto divino, dispensa i mezzi della salute. Tutto, qui, Dio stesso compreso, passa in seconda linea e si nasconde dietro l'istituto ecclesiastico; aderendo alla Chiesa le coscienze si estraniano da sè, si sdoppiano, sostituiscono all'interiore voce del divino spirito il precetto del confessore e del superiore; la perfetta religione coincide col perfetto automatismo, con la perfetta evirazione.

Di qui la condanna dell'americanismo, pel suo ritorno alle virtù attive, della critica biblica che vuol essere seriamente e solamente critica, della democrazia cristiana, proclamazione di autonomia politica e sociale, del modernismo in genere, rinnovazione interiore e rinascita dei valori cristiani all'infuori del precetto e della guida dell'autorità.

Nessuna libertà possibile, quindi, se non quella che sa uccidersi; nessuna unità se non in questa eguale abdicazione di sè, in questo ordine di Varsavia..

E i loro fautori così come i loro avversari sono, novantanove volte su cento, tanto ignoranti in materia che abboccano all'amo; e taluni dei primi si infervorano sinceramente per la libertà, e nell'animo dei secondi nasce un certo scrupolo che li fa timidi.

Non solo: ma se qualcuno domanda davvero libertà per talune delle molte categorie di vessati ed oppressi dal Vaticano in maniera spesso brutale, ai clericali riesce facile lanciare il grido: dagli al persecutore! ed esser creduti.

Sarebbe quindi dovere di ogni uomo onesto, il quale senta dalle labbra di qualche clericale la parola «libertà», lanciargli in viso risolutamente un «ipocrita!»

I clericali considerano invece come il loro peggiore e più pericoloso nemico chi chiede la libertà anche per essi. La libertà essi non la possono chiedere che per il papa e per la Chiesa; vale a dire per la dogmatica sistematica, risoluta negazione di ogni libertà.

Ma chi lotta per la libertà vera lotta anche per la loro libertà.

Se così è—e voi non avete che a ricordare la storia recente del modernismo ed a consultare gli atti del pontificato di Pio X per persuadervi che così è—voi vedete come la lotta per la libertà religiosa deve essere lotta contro questa tradizione e dottrina e sistema, della libertà religiosa e di quanti la cercano comune avversario.

La teologia, la liturgia, tutti i varî elementi della coscienza religiosa e dell'istituto ecclesiastico romano debbono essere ammessi, come ogni altra fede, a un giudizio sereno che ne riguardi i titoli e il valore. La storia di Roma deve essere esaminata con occhio imparziale, come un grande e magnifico frutto della cultura umana; la religione stessa cattolica, là dove è credenza spontanea di masse, ed anche quando è credulità e superstizione, va trattata con rispetto e con vigile cura, con l'animo di chi vuole non spegnere ma ravvivare la fiammella fumigante.

Un'altra cosa offende noi modernisti e provoca la nostra azione rinnovatrice: il carattere del vincolo che lega molti cattolici alla gerarchia, che la gerarchia vuole oggi ad ogni costo, e con un supremo sforzo, mantenuto e perpetuato. Noi sappiamo a prova quante anime sanguinino sotto questo peso, quale abuso di religione esso consenta per scopi politici, quale terribile ostacolo sollevi contro chi lotta per la giustizia e per la democrazia.

Sia quale si voglia la fede di ogni credente, noi la rispetteremo. Ma sia, in ognuno, non dedizione servile ad una autorità esteriore, non menzogna di una fede assente, non calcolo ed insidia politica; sia interiore e cordiale adesione ad una dottrina, sincera espressione di una vita morale, personale riconquista da parte di coscienze che l'inquietudine religiosa mosse alla ricerca, possesso di spiriti educati all'autonomia.

Trasferiamo le Chiese, volenti o riluttanti, sul terreno della libertà; qui esse si provino alla persuasione, alla conquista, al governo delle coscienze; dai frutti le giudicheremo.

È Dio stesso, il deus absconditus, il Dio immanente, ad una più intima comunione con il quale la coscienza contemporanea, pur fra tante incertezze ed errori, si va elevando, il quale rivendica per sè le anime, geloso di un sacerdozio che si interpone fra lui e queste, e divenne così grasso ed opaco da empirle d'ombra; e le vuole sue alunne. Egli, siamone sicuri, dirà dall'intimo a ciascuna anima la stessa parola; egli farà l'unità.

Roma e l'Italia

I principî e le aspirazioni che io ho brevemente esposto hanno per noi italiani, viventi in Roma o così presso a Roma, una importanza ed un significato pratico, pregni di dolore e di vita, che chi è fuori riesce a stento ad immaginare. Le lotte degli ultimi anni l'inseriscono a viva forza nell'animo nostro; e nel drammatico conflitto che ne risulta, avvertito da pochi, volutamente trascurato da una democrazia immemore dei valori religiosi, si esaurisce la vitalità spirituale di un popolo, già così fiacca per la lunga servitù e per la tendenza della razza alla esteriorità spensierata e fugace.

C'è in Italia, come nell'Austria cattolica e nella stessa Spagna, una libertà religiosa, conquistata attraverso alle rivoluzioni politiche del secolo scorso e sempre duramente contrastata dalla Curia di Roma; è la laicità negativa dello Stato, la libertà nei cittadini di non esser credenti nè religiosi, sino al punto che è possibile ad un uomo non esser religioso. E questa libertà basta oggi allo spirito italiano e ad essa bastano le leggi italiane. Presso di noi la Chiesa romana ha talmente monopolizzato tutto quello che ha attinenza alla vita religiosa, che nel liberarsi da essa si è quasi esaurita la fiacca religiosità del nostro popolo. E questa non è liberazione che a metà, è rinunzia, non rivendicazione dei beni spirituali. Non abbiamo spezzato le catene; ci siamo mutilati, per liberarci gittandole via insieme con una parte, la più intima e preziosa, di noi; sicchè in realtà la coscienza religiosa italiana è ancora schiava della Curia romana; palpita e sanguina e si agita, avulsa, nelle strette della antica servitù.

La religiosità che conquista sè stessa, l'attività libera che si addestra nell'esercizio, la lotta contro ogni cosa che in noi e nel vicino nostro è avvertita come diminuzione e oscuramento di questa divina fiamma dello spirito non è intimamente sentita, perchè non siamo abbastanza religiosi. Mazzini non ha fatto più discepoli, dopo il 1870.

Ed oggi tutti i giovani che si affacciano alla vita con gesto e intento di rinnovatori affettano indifferenza per il problema religioso ed ecclesiastico, quando non giungono alla aperta confessione di simpatia per la chiesa di Roma; e i seguaci di questa, vuoti di inquietudine spirituale, si servono sfacciatamente del vincolo religioso e dei mezzi ecclesiastici per la loro conquista terrena, di prevalenza politica e di dominio. E di fronte ad essa stanno l'indifferenza degli scettici e una democrazia preoccupata d'altro e un anticlericalismo che dommatizza a sua volta ed eccita odî religiosi, perchè non è giunto ancora al concetto della laicità che è libertà vera ed intiera.

Per questo i pochi che in Italia hanno il desiderio vivo e pungente della libertà religiosa rivolgono un appello disperato a tutti i liberi credenti di fuori, per essere aiutati nell'opera loro; perchè essi sono sul punto di esser travolti dalla ostentata indifferenza ed atonia religiosa dei più, che si accordò assai bene con il clericalismo, maschera e menzogna di religione, ma non tollera una religiosità attiva ed ardente.

E questo appello assume una forma concreta: aiutateci a costituire in Roma un centro di vita e di attività che sia come la rappresentanza, nella città dello spirito, di quest'altra Chiesa di liberi, di questa universalità cristiana, di questa sovranità della coscienza religiosa che il presente congresso magnificamente attesta e proclama; e che dovrà pure un giorno, non uccidere, ma assorbire in sè la Chiesa di Roma, liberando coloro che essa oggi aduggia ed opprime.

Aiutateci a far sorgere, dinanzi al Vaticano, grandioso museo del cattolicismo medioevale, dal quale i morti dominano i vivi e diffondono intorno un torbido sogno di dominio, un Vaticano nuovo, idea e non pietra, che sia l'anima della terza Roma, espressione viva di una più alta unità delle stirpi umane; unità la quale non associi popoli vinti e fiaccati dalla forza, nè coscienze volontariamente prone dinanzi a una larva di divinità esteriore ed autoritaria, ma sia in ciascuna coscienza di uomo il senso della universalità della legge di bene che essa porta in sè stessa e che, a chi la conquista, rivela il segreto del più sicuro dominio di sè e della storia.

Così, allo stesso modo che l'impero romano preparò gli elementi che, assorbiti e rifusi nella Chiesa romana, condussero ad una seconda universalità, quella del cattolicismo medioevale, questo, a sua volta, superato e risolto in una nuova sintesi possente, preparerà l'universalità del precetto cristiano di amore fra gli uomini e fra i popoli, l'unità figlia della libertà.